TU MAMÁ ERA
NEANDERTHAL

COLECCIÓN
TORRE DE PAPEL

TU MAMÁ ERA
NEANDERTHAL

JON SCIESZKA

Traducción de María Mercedes Correa

Ilustraciones de Lane Smith

GRUPO
EDITORIAL
norma

http://www.norma.com
Barcelona, Bogotá, Buenos Aires, Caracas,
Guatemala, Lima, México, Miami, Panamá, Quito, San José,
San Juan, San Salvador, Santiago de Chile.

Título original en inglés:
Your Mother was a Neanderthal de Jon Scieszka,
ilustrado por Lane Smith.
Publicado en español según acuerdo con
Viking Children's Books, una división de
Penguin Putnam, Inc., Nueva York.
Copyright del texto©Jon Scieszka 1993
Copyright de las ilustraciones © Lane Smith 1993
Copyright de la edición en español © Editorial Norma S.A.,2000,
para México, Guatemala, Puerto Rico, Costa Rica, Nicaragua,
El Salvador, Honduras, Panamá, Colombia, Venezuela, Ecuador,
Perú, Bolivia, Paraguay, Uruguay, Argentina y Chile.
A.A. 53550, Bogotá, Colombia

Impreso por Cargraphics S.A. - Impresión Digital
Impreso en Colombia - Printed in Colombia
Octubre, 2001

Dirección editorial: María Candelaria Posada
Diagramación y armada: Ana Inés Rojas

ISBN: 958-04-5045-5

CONTENIDO

*Para Jack Dexter,
mago de las matemáticas
y rector extraordinario.*

UNO

Nunca en la vida habíamos visto nada parecido. Sergio, Pacho y yo estábamos frente a un bosque de árboles extraños y helechos gigantes. A nuestras espaldas se levantaba un acantilado de roca. Un humeante volcán se erguía al frente.

Al principio no nos dimos cuenta de nada de esto. Lo primero que vimos era que los tres estábamos allí, de pie, completa, increíble y totalmente desnudos.

—Quedamos sin nada —gritó Pacho,

y fue a esconderse detrás del helecho gigante más cercano.

—No entiendo —dijo Sergio—. Esto nunca había pasado en los otros viajes en el tiempo que hicimos con *El Libro*.

—¿Por qué tenía que pasarnos ahora? —preguntó Pacho—. ¡Esto es una vergüenza!

—Bueno, tampoco es que nos hayamos quedado sin nada —dije yo—. Tú todavía tienes las gafas, Sergio. Pacho todavía tiene la gorra. Y yo tengo mi pajita para beber.

—¿Nada más la pajita? —preguntó Pacho—. No me digas que no tienes *El Libro*.

—Pues si no quieres que te lo diga, no te lo digo —contesté yo.

—¿No tienes *El Libro*? Ay, no puede ser. Ahora sí estamos fritos. Yo sabía que esto no iba a funcionar. ¿Cómo vamos a encontrar *El Libro* en la Edad de Piedra? Démonos por bien servidos si encontramos a alguien que sepa hablar.

Sergio miró a su alrededor y dijo:

—El panorama no se ve muy bien que digamos.

—¿No muy bien que digamos? —dijo Pacho—. Tenemos que esperar como un millón de años para que la humanidad invente el lenguaje, la escritura y la fabricación de libros y lo único que se te ocurre decir es que el panorama no se ve muy bien que digamos.

—De acuerdo con mis cálculos —dijo Sergio—, probablemente aterrizamos en el año 40.000 antes de Cristo. Estamos completamente desnudos. No tenemos herramientas, ni armas, ni provisiones, pero todavía tenemos una cosa.

—¿Miedo? —preguntó Pacho.

—No, bobo. Conocimiento, inteligencia. Toda la sabiduría del hombre moderno —y señaló con pompa hacia el volcán humeante—. En este mundo prehistórico podemos ser reyes o, al menos, unos tipos bastante populares.

Pacho y yo miramos hacia la planicie verde.

—Yo me conformaría con unos calzoncillos y un pedazo de pizza.

Sergio se hizo el que no escuchó nada y siguió:

—Con nuestra inteligencia superior podemos recrear la civilización moderna. Observen.

Sergio arrancó una hoja gigante de un arbusto.

—Calzoncillos.

Arrancó una liana y añadió:

—Cinturón.

Luego se amarró la hoja y concluyó:

—Ropa.

Pacho y yo hicimos lo mismo. Nos veíamos bastante ridículos, pero al menos era un comienzo de civilización.

Pacho empezó a saltar con sus *shorts* nuevos.

—Unga, unga. Ahora aprendemos a leer y a escribir y faltamos a clase de aritmética.

En ese momento, resonó en la selva

un chillido horrible. Miré para todos
lados.

—¿Qué les parece si corremos a es-
condernos? Creo que se me arruinaría
el día si me convierto en comida para
dinosaurio.

—No, no, no —dijo Sergio—. Piensen. Los dinosaurios y los cavernícolas no vivieron al mismo tiempo. Si estamos en el año 40.000 a.C., los dinosaurios debieron extinguirse hace 65 millones de años. En este momento, el hombre de Cro-Magnon, nuestro directo antecesor, debe estar reemplazando al hombre de Neanderthal.

Sergio hizo una pausa. Entonces escuchamos un grito humano de terror.

—¡Ajá! Humanos —dijo Sergio.

Pero luego escuchamos otro sonido. Era un rugido largo, como de un animal muy grande, furioso y hambriento.

—Creo que es hora de desaparecer —dije yo.

—¿Y para eso necesitamos *El Libro*?

—Pues claro —respondí, y me escondí detrás del helecho más cercano. Sergio y Pacho me siguieron. Entonces vimos que unos hombres de aspecto salvaje, con pieles andrajosas, el cabello largo y la barba desordenada corrían a toda velocidad.

—Cavernícolas —susurró Pacho.

Las copas de los arbustos se mecieron y el animal que perseguía a los cavernícolas sacó la cabeza.

—Dinosaurio —susurró Pacho.

—No puede ser —dijo Sergio—. Los dinosaurios ya se extinguieron.

La cabezota con escamas, con sus ojos saltones, se dirigió hacia nosotros y rugió.

Los tres dimos varios pasos hacia atrás y chocamos contra la pared de roca.

—Bueno, pues explícale eso a él. A ver si lo espantas.

El dinosaurio nos miró y volvió a rugir. Habíamos ido a la Edad de Piedra para ser los reyes y estábamos a punto de convertirnos en almuerzo de dinosaurio.

DOS

Pero estoy adelantándome un poco a los acontecimientos. De hecho, me estoy adelantando 40.000 años. Permítanme explicarles.

Mis mejores amigos, Sergio y Pacho, estaban en mi casa, como siempre, después del colegio. Estábamos tratando de terminar, cosa rara, una aburrida tarea de matemáticas. Si no fuera porque estaba lloviendo, estaríamos jugando en la calle.

—Tengo una gran idea —dijo Sergio.

—No quiero grandes ideas —dijo Pacho—. Quiero la respuesta del problema 14: "Si el señor González camina a un promedio de 2.5 kilómetros por hora, ¿cuántos kilómetros camina en cuatro horas?"

—2.5 kilómetros por hora multiplicados por cuatro horas es igual a diez kilómetros —dijo Sergio—. ¿Sí ven? Nuestro problema es que siempre nos hemos equivocado con ese asunto del viaje en el tiempo. No hemos usado el cerebro.

Yo me quedé mirándolo.

—¿Cómo así?

—Pues, he hecho unas investigacioncitas, he leído libros de viajes en el tiempo y, ¿saben qué se le olvida siempre a esa gente?

—La comida —dijo Pacho—. En esos libros nunca comen.

—No, especie de Neanderthal —dijo Sergio—. Jamás se llevan nada útil. Por ejemplo, el rey Arturo se habría desmayado con esta calculadora. Los indios cheyenne se habrían vuelto locos con un *walkman.*

—Y a Barbanegra le habría encantado un fusil F-16 —dijo Pacho.

Sergio frunció el ceño.

—No, estoy hablando en serio. Si nos llevamos cosas comunes y corrientes la gente va a creer que somos magos.

—Yo acabo de aprender a hacer un truco —dije—. Miren cómo hago que esta pajita para beber ruede por la mesa con los poderes invisibles de mi dedo. No voy a tocarla. Observen. Abracadabra...

La pajita rodó por la mesa, y yo sólo tenía el dedo por encima, sin tocarla.

—Sí, muy mágico —dijo Pacho—. Sobre todo por la manera como soplas la pajita para que ruede.

—No, ¿pero por qué no hacen caso? —exclamé—. Les dije que miraran mi dedo.

—Un detalle al que no logro encontrarle solución —continuó Sergio—, es cómo llevarnos *El Libro* para que podamos regresar cuando queramos.

—¿Detalle? ¿A eso le llamas detalle? —dijo Pacho.

—Pero creo que el truco —continuó Sergio— es agarrarse bien fuerte de *El Libro* cuando los remolinos de humo verde empiecen a aparecer.

—Me parece demasiado fácil para ser cierto —dije.

—A veces las ideas más simples son las mejores —dijo Sergio—. El antiguo matemático griego Arquímedes descubrió que podía mover el mundo simplemente con un fulcro, una palanca lo suficientemente larga y un lugar desde donde accionarla.

— ¿Arquí-me-les... qué? —preguntó Pacho.

Sergio hizo cara de que el chiste no le gustó mucho.

Pacho se quitó la cachucha y le hizo un gesto amistoso.

—No, mentiras, genio. ¿Pero qué diablos es un fulcro?

Sergio hizo volar la hoja de la tarea de matemáticas y se recostó en la silla.

—El fulcro es el punto de apoyo de la palanca. Pones la palanca debajo de un objeto grande, luego la pones encima del fulcro, así...

—...bajas la palanca y el objeto grande salta hacia arriba.

—Fascinante —dijo Pacho dando un bostezo—. Pero volvamos a lo del viaje en el tiempo. ¿Adónde vamos ahora? ¿Al antiguo Egipto? ¿Al espacio sideral? ¿Al futuro?

—Bueno, pues obviamente —dijo

FULCRO
(borrador)

Sergio acomodándose las gafas—, mientras más atrás nos vayamos en el tiempo, más vamos a sorprender a la gente.

—Ah, ya. Obviamente —dijo Pacho.

—Si nos vamos a la época prehistórica seremos todavía más impresionantes.

—Cómo no. Más impresionantes.

—Oye, ¿sabes que por primera vez

tienes razón? —le dije a Sergio—. Qué idiotas no haber pensado en eso antes.

—Lo dirás por ti —dijo Pacho.

—Entonces, ¿qué esperamos? —preguntó Sergio—. Empaquemos y vámonos a la Edad de Piedra.

—¿Qué llevamos? —pregunté yo.

—Armas —dijo Pacho.

—Herramientas —dijo Sergio, un poco más fuerte.

—Oigan, esperen —dije yo—. Cada uno vaya a buscar lo que mejor le parezca para llevar y nos vemos aquí en media hora.

—¿Y tu mamá, qué? —preguntó Pacho—. Yo todavía estoy en problemas por haberte roto la lámpara.

—No, traquilo —le dije—. Ella vuelve a las cinco. Apenas son las cuatro. A las cuatro y media arrancamos para la Edad de Piedra y estamos aquí otra vez a las...

—Cuatro y media —dijo Sergio—. Tiempo de sobra para acabar la tarea de matemáticas y volver a poner todo en orden, antes de que ella llegue.

Cada cual se fue por su lado. A los treinta minutos estábamos en mi habitación, preparados para nuestro viaje en el tiempo.

Pacho tenía una honda y un tenedor para barbacoa; una navaja suiza, una pistola de agua y un *walkman* amarrado del cinturón del pantalón. Tenía los bolsillos repletos de cintas, canicas y fósforos.

Sergio parecía una tienda ambulante de curiosidades. De todos los bolsillos y pasadores del cinturón le salían o le colgaban lapiceros, abrelatas, peladores de papas, tijeras, termómetros, hebillas, cremalleras, clips de papel, ganchos de nodriza, ganchos para el pelo, martillos, alicates y un serrucho plegable.

Yo tenía puesto mi sombrero de mago y me había llenado los bolsillos con anillos mágicos, la varita, papel fosforescente, monedas, pañoletas, cuerdas y bolas para malabarismo. Tenía *El Libro* agarrado con ambas manos.

Busqué en el índice la palabra "Cavernícolas", pero sólo encontré "Cavernas, pintura, en la página 123".

—Muchachos, prepárense para conocer a sus ancestros —dije, y abrí el libro en la página 123. Allí había una foto de una pintura en una caverna, con una

espiral de estrellas, lunas, huellas de manos y tres figuras humanas. En ese momento, empezó a envolvernos los pies el remolino de humo verde del viaje en el tiempo.

—Agarra bien *El Libro* —dijo Sergio.

—Tenlo tú —dijo Pacho. El humo verde ya casi nos llegaba hasta el cuello—. Aunque siempre estás dándotelas de muy sabihondo, por primera vez en la vida has salido con una idea genial.

La espiral verde nos cubrió la cabeza y empezamos nuestro viaje a la era prehistórica.

TRES

El dinosaurio rugió y sacudió las ramas.

—A ver, su excelencia, el señor genio. Explícale a ese bicho que él ya se extinguió —dijo Pacho.

Los tres nos pegamos contra la pared de roca. Estábamos atrapados.

—Cierra el pico —susurró Sergio—. Beto, haz un poco de magia. Rápido.

Levanté la pajita.

—¿Con eso? —dijo Pacho—. Más bien tirémosle piedras, a ver si lo asustamos.

Pacho recogió una piedra y tomó impulso para lanzarla. En ese momento la hoja empezó a escurrírsele. El dinosaurio rugió. Pacho trató de subirse los pantalones de hoja con una mano y lanzar la piedra con la otra. Empezó a saltar en un pie, luego se le fue encima a Sergio y los tres fuimos a dar al suelo. El dinosaurio rugió de nuevo, tuvo como un acceso de hipo y se echó a reír.

Sergio y yo nos miramos

El dinosaurio seguía riéndose.

Los tres miramos más de cerca.

El dinosaurio se reía y se le sacudía la cabeza. De repente, la cabeza cayó. Así como lo oyen. Saltó por encima de los arbustos y rodó por una pendiente suave. Los arbustos seguían riéndose.

Las hojas de los arbustos se sacudieron levemente y tres niñas salieron de detrás, riéndose tan fuerte que apenas podían mantenerse en pie. Tenían prácticamente la misma estatura que nosotros y estaban vestidas con pieles de animales. La más alta tenía el pelo rizado y rojizo. La otra lo tenía negro y llevaba un collar de conchas. La tercera niña se tapaba los ojos y no nos miraba a la cara.

Nosotros miramos de nuevo la cabeza del dinosaurio y luego a las niñas. La tímida tuvo hipo otra vez y todas volvieron a soltar la carcajada; nos señalaban a nosotros y luego señalaban la cabeza.

—No me parece tan chistoso —dijo Pacho, arreglándose el pantalón de hoja.

La niña cavernícola con el collar parecía ser la que mandaba. Calmó un poco a sus amigas y nos hizo señas de que nos acercáramos. Ella nos examinaba a medida que nos íbamos aproximando. La niña del pelo rojizo señaló algo con la mano. Sus amigas nos miraron y volvieron a soltar la risa.

—Ay, bueno, ya —dijo Pacho—. ¿O quieren que les tire esta piedra, como iba hacer desde un principio?

Las tres niñas pusieron cara de sorpresa. Hacían señas con las manos, frente a la boca.

Sergio imitó el signo y asintió con la cabeza.

—Sí, nosotros hablamos —dijo. Luego las señaló y preguntó—: ¿Ustedes hablan?

Las niñas se veían intrigadas.

—¿Tienen alguna forma de comunicación verbal? —preguntó Sergio mientras movía las manos en círculos junto a la barbilla.

La niña alta del pelo rojizo movió la cabeza de arriba a abajo. Corrió detrás de los arbustos y salió con una cosa en forma de cono, hecha con palos y envuelta con una piel. Se puso el extremo más angosto en la boca y rugió muy fuerte. Un dinosaurio bastante convincente.

Nosotros saltamos del susto. Las niñas se volvieron a reír a sus anchas.

—Muy gracioso —dijo Pacho—. Venimos a la Edad de Piedra a ser los reyes y terminamos convertidos en los bufones de las cavernícolas.

Miramos más atentamente la cabeza del dinosaurio. Estaba hecha con los mismos palos y pieles que el megáfono. Los ojos eran piedras rojas. Los dientes estaban hechos de huesos afilados.

—Déjenme hablar con ellas —dije yo. Me puse una mano en el pecho y empecé—: Be-to.

Luego toqué a Sergio y dije:

—Ser-gio.

Luego a Pacho:

—Pa-cho —y enseguida repetí—: Beto, Sergio, Pacho.

La líder movió la cabeza de arriba abajo y nos señaló:

—Be-to. Ser-gio. Pa-cho.

Después se señaló a sí misma:

—Cha-cha.

Luego agarró a la pelirroja del brazo y dijo:

—Ti-ta.

Por último, señaló a la amiga del hipo y dijo:

— Pe-pa

Yo repetí:

— Chacha, Tita, Pepa.

Chacha aplaudió y se sonrió. Pepa

volvió a tener hipo y miró para otro lado.

—Oigan, creo que estamos hablando —dijo Sergio.

—La gran maravilla —dijo Pacho—. Ahora inventemos el alfabeto, escribamos *El Libro* y larguémonos de aquí.

Las niñas hablaban y se hacían señas unas a otras. Luego, Chacha nos habló:

—Beto, Sergio, Pacho —dijo. Luego señaló hacia el volcán que se veía en la distancia y dijo—: Ma.

—Creo que nos están diciendo que las sigamos —dije yo.

—Pero, ¿qué tal que sean caníbales y nos estén llevando a la casa para que su mamá nos cocine a la comida? —dijo Pacho.

—No me parece probable —dijo Sergio—. La mayoría de culturas humanas tenían estrictos tabúes respecto a comerse a sus semejantes.

En la selva de helechos que teníamos detrás se escuchó un rugido.

—No vamos a encontrar *El Libro* si

nos quedamos aquí —dije—. Además,
si nos quedamos vamos a terminar

convirtiéndonos en la comida de alguien, en todo caso.

—Eso podría ser problemático —dijo Pacho—. Vamos a visitar a Ma.

Chacha recogió el megáfono; Tita y Pepa se fueron por la cabeza del dinosaurio y nosotros las seguimos en dirección al volcán humeante.

—¿Por qué estarían asustando a esos tres cavernícolas que vimos pasar? —preguntó Sergio.

Miré los dientes afilados de la cabeza del dinosaurio que iba adelante de nosotros. No quise decir nada, pero tenía la incómoda sensación de que en pocos momentos íbamos a descubrir la razón.

CUATRO

Seguimos a las tres niñas por un camino sinuoso de la selva. Ellas caminaban rápido y sin hablar palabra. Nosotros teníamos que correr y saltar para seguirles el paso.

—Ay, aaoo, aahh, ee —gritaba Sergio a cada paso—. Me duelen mucho los pies.

—Invéntate los zapatos —dijo Pacho.

—Y espero que funcionen mejor que estos pantalones —dije yo.

Escuchábamos sonidos extraños por toda la selva. Teníamos la piel toda rasgada por las espinas de los árboles y las plantas de los pies magulladas por las piedras del suelo. En cinco minutos ya estábamos con los pies adoloridos, con la piel sangrando y muy cansados.

Las niñas caminaban como si fueran por una calle.

—¿Ya casi llegamos? —gimió Sergio.

—Tengo hambre —dijo Pacho.

—Tengo sed —dije yo.

De repente, llegamos a un claro y a la abertura de una cueva.

—Una caverna de verdad —dije yo.

—Cavernícolas de verdad —dijo Sergio—. Nos convertiremos en sus líderes cuando les mostremos la civilización.

Chacha nos indicó que nos quedáramos sentados afuera. Sergio y yo nos sentamos. Tita empujó a Pacho y le ordenó que se sentara también.

—Bueno, bueno, bueno, pero no acosen —dijo Pacho.

Tita hizo un gesto e imitó a Pacho.

—Bue-no, bue-no.

Pepa se rió y Chacha entró en la cueva.

Miramos a nuestro alrededor, en el claro, y escuchamos voces en el interior de la caverna. Una columna de humo gris que salía del volcán que teníamos enfrente tapaba un pedazo del sol. Un pájaro enorme volaba en círculos encima de nosotros.

Pacho miró para todos lados.

—Yo no sé, muchachos, pero esto me parece muy raro. ¿Dónde están todos? ¿Por qué se demoran tanto? A lo mejor están decidiendo si nos van a asar a la parrilla o a la plancha. Si tuviera mi navaja suiza...

—Eres demasiado paranoico —dijo Sergio—. Estoy seguro de que Chacha se fue a decirle al líder del clan que se encontró a tres tipos mágicos. Él se debe estar arreglando y poniendo su mejor ropa para venir a saludarnos y causarnos buena impresión. Los hombres primitivos creían en la magia, así es que traten de verse muy mágicos.

—Bue-no, bue-no —dijo Tita.

Chacha apareció a la entrada de la cueva y dijo:

—Beto, Sergio, Pacho.

Junto a ella había una figura vestida tal como predijo Sergio, con la mejor ropa del clan. Era una capa gigante de piel de oso adornada con plumas. En la cabeza llevaba una máscara en forma de cabeza de oso, con todo y los dientes de su dueño original.

—Ajá, el jefe —dijo Sergio—. Déjenme hablar a mí.

Los tres nos pusimos de pie y nos acercamos a la temible figura con apariencia de oso, haciendo esfuerzos por vernos lo más mágicos que se pudiera.

—Saludos, oh, poderoso líder —dijo Sergio levantando la mano y mostrando la palma—; somos hombres con prodigiosos poderes mágicos —y diciendo esto cruzó ambos brazos delante del pecho—, que hemos venido a ofrecerles muchos conocimientos —y se tocó la cabeza—. El fuego, la rueda, la música, los dibujos animados.

El líder no se movió ni habló.

—Muy impresionante —dijo Pacho.

Sergio frunció el ceño.

—Y, estee..., nosotros..., claro que... les trajimos... un regalo.

Sergió le quitó rápidamente la gorra a Pacho.

—Esta es nuestra cabeza de oso, eh..., bueno..., dijéramos más bien de algodón... o de poliéster..., eh..., regalo. Nosotros. Ustedes.

—¡Oye, esa es mi mejor gorra! —dijo Pacho.

El líder cogió la gorra y la examinó detalladamente: le daba vueltas y la jalaba. Luego, se quitó la máscara de oso y se puso la gorra de Pacho. Todos quedamos atónitos y sorprendidos. El líder con piel de oso era una mujer. Pero ésa no era la sorpresa. La sorpresa es que era una mujer que conocíamos.

—Beto —dijo Pacho casi ahogado—, es tu mamá.

Pestañeé varias veces. Aparte de la ropa de piel de oso y todo el entorno prehistórico, definitivamente parecía mi madre.

—¿Mami? —dije.

Por un segundo, la líder puso cara de sorpresa; luego se colocó la mano en el pecho y dijo:

—Ma.

—Uuyy —dijo Pacho—. Mire, lamento mucho haber roto la lámpara de Beto y todo eso, pero si puede sacarnos de esta Edad de Piedra jamás volveré a hacer nada malo con Beto, lo juro. ¿Usted tiene *El Libro*? ¿Puede conseguirlo? ¿Sí? ¿Sí?

Ma nos miró como si se trajera algo entre manos, como si tuviera en mente algo para nosotros.

—Chacha —dijo, y señaló hacia la cueva.

Chacha tomó a Sergio de la mano y nos condujo hacia la fría y oscura ca-

verna. Había un olor ligeramente dulce, como de flores secas y sopa cocinándose. Más adelante se veían pequeñas fogatas que proyectaban sombras extrañas en las paredes de roca. Los tres íbamos en fila, tropezándonos, detrás de Chacha hacia el fondo de la caverna. Apenas se alcanzaba a distinguir gente en torno a las hogueras mientras nuestros ojos se acostumbraban a la luz tenue.

—Beto, jamás voy a volver a decir nada malo de tu mamá —dijo Pacho.

Llegamos a una caverna más pequeña, a un lado de la caverna principal. Chacha nos indicó que siguiéramos primero.

—Increíble que esté aquí para salvarnos.

—No sé, Pacho —dije yo—. La verdad no creo que sea mamá. Se ve como... no sé... diferente, ¿sabes?

Sergio, Pacho y yo entramos a la caverna más pequeña.

—No, lo está haciendo porque tiene

que fingir que no nos conoce delante de todos los demás.

Luego escuchamos un ruido de madera, un *clank* detrás de nosotros.

Nos dimos la vuelta y vimos a Chacha, Tita y Pepa sonriéndonos desde el otro lado de una reja enorme de palos amarrados.

—¡Estamos atrapados! —gritó Pacho—. ¡Déjennos salir, caníbales!

—Bue-no, bue-no —dijo Tita.

Chacha y Pepa nos miraron con cara de rabia.

—A lo mejor han cambiado los tabúes sociales —dijo Sergio.

Pacho y yo sacudimos la reja pero no se movió un centímetro.

Ma nos miraba fijamente, con los brazos cruzados y la gorra de Pacho encima de su pelo alborotado. Parecía como si definitivamente estuviera maquinando algo para nosotros.

CINCO

Estábamos atrapados en la cueva. Sin embargo, había una cosa extraña: nadie nos trataba como prisioneros. Más bien parecíamos invitados de honor.

Chacha nos llevó unas cosas que se suponía eran camisa y pantalón, hechas de pieles. Pepa nos trajo sopa de verduras caliente en vasijas de madera.

—Esto no está tan malo —dijo Pacho sorbiendo la última gota de sopa—. Me parece que no necesitan de nuestra ayuda con lo del fuego, la cocina, la ropa y todas esas cosas de la civilización.

—¿Y entonces para qué nos tienen aquí y nos están tratando con tanta amabilidad? —dijo Sergio.

A mí se me ocurría una idea al respecto, pero tenía que ver con sacrificios humanos y eso no era muy halagador.

—Pensemos —dije—. Aquí llegamos por una pintura en las paredes de una caverna, así es que lo más probable es que una pintura igual nos devuelva a casa. Ya estamos en la caverna. Lo único que tenemos que hacer es encontrar la pintura.

—¿Buscamos allá? —dijo Pacho indicando con la cabeza hacia un rincón completamente oscuro de nuestra cueva.

—Los prehistóricos creían que las pinturas tenían poderes mágicos para controlar cosas, como los animales que cazaban —dijo Sergio—. No nos podrían en el mismo lugar donde ponen lo más mágico. La pintura debe estar allá, en la caverna principal.

Miré hacia afuera, a través de los barrotes de madera. La caverna principal era enorme, como una cancha de fútbol. Las paredes laterales se veían cada vez más negras a medida que iban subiendo. Estaba demasiado oscuro para ver si había pinturas en las paredes.

—Si tuviera mi serrucho podríamos salir de aquí en cinco minutos —dijo Sergio.

—Si tuviera un fusil F-16 podríamos salir de aquí en cinco segundos —dijo Pacho.

Yo estaba mirando los grupos de gente alrededor de las hogueras y en ese momento vi algo que me impactó.

—Oigan, ¿saben que aquí hay algo extraño? —dije.

—Sí. Estar sentados en una caverna, vestidos como Pedro Picapiedra es bastante extraño —dijo Pacho.

—No, me refiero a esta gente. Todas son mujeres. No he visto a un solo hombre.

Sergio se acercó a la reja y miró por los barrotes.

—Sí, es verdad. No hay hombres. Deben ser una especie de amazonas cavernícolas. Sin embargo, nunca había oído hablar de nada por el estilo.

—Tú no has oído hablar de muchas cosas —dijo Pacho—. Como que los viajeros en el tiempo se quedaran sin ropa. ¿Las amazonas comen gente?

—No, que yo me acuerde —dijo Sergio subiéndose las gafas, con su característico estilo académico—. Pero mi recomendación es que huyamos de aquí tan pronto podamos, pues a las amazonas no les gustaban mucho los hombres.

—Listo —dijo Pacho—. Nos vamos de aquí.

Todos empezamos a jalar y empujar los barrotes.

Sergio recogió un palito del suelo y

empezó a escribir en la tierra, mientras murmuraba entre dientes:

—Si uno de nosotros puede serruchar medio barrote con una piedra afilada en veinte minutos, y necesitamos serruchar cuatro barrotes para escapar, eso nos tomaría veinte minutos, por cuatro barrotes, por dos mitades... 160 minutos serruchando. Pero si los tres tuviéramos piedras afiladas y trabajáramos al mismo tiempo, eso daría...

—Yo creo que puedo mostrarles el truco de la pajita e impresionarlas lo suficiente para que al menos nos dejen mirar —dije.

—Oh, oh. Olvídense de las matemáticas y la magia. Creo que tenemos visita.

De repente la entrada principal de la caverna quedó iluminada por antorchas. Ma, Chacha, Tita y Pepa estaban a la cabeza de un grupo de mujeres cavernícolas que se acercaban a nuestra cueva. La luz vacilante de la antorcha proyectaba sombras siniestras en las caras de todas. Ma sonrió y nos miró tal como mira Pacho un buen pedazo de pizza.

Ma avanzó. La reja de madera subió y se hundió en la oscuridad. Las cavernícolas nos rodearon y luego salimos todos hacia la entrada principal de la cueva, detrás de Ma.

—Si ven una pintura, corran —les dije a Sergio y a Pacho.

—Sshht —dijo Pacho—. No reveles el plan.

Chacha , que iba caminando junto a nosotros, sonreía.

—No importa —dijo Sergio—. No entienden ni media palabra de lo que decimos. Podríamos decirles que estamos planeando huir, o podríamos recitarles el himno nacional. Todo les suena igual. ¿Bueno, Tita?

Tita movió afirmativamente la cabeza y dijo:

—Bueno.

Pacho comenzó a pensar. Uno se puede dar cuenta de cuándo está pensando porque saca la lengua.

—No entienden lo que decimos pero sí entienden cómo lo decimos... ¡Claro! ¡Tengo una idea!

Llegamos a la entrada de la cueva y vimos la luz anaranjada del atardecer. Se escuchaba el sonido de un tambor, que alguien tocaba a ritmo lento.

—Es el truco más viejo del mundo —dijo Pacho sonriendo.

—No será el viejo truco de : "¿Qué tienes en la camisa?"

Los golpes del tambor sonaban ahora más rápido y más fuertes.

—No entiendo nada —dije.

—Pues que no van a entender *qué* decimos, pero sí van a entender *cómo* lo decimos.

—¿Y qué? —dije, tratando de hacer caso omiso del tambor.

—Cuando les dé la señal, todos indicamos hacia la izquierda, ponemos cara de terror y gritamos: "¡Ay, un mamut!" —dijo Pacho—. Todas las mujeres se voltean a mirar hacia la izquierda y nosotros salimos corriendo hacia la derecha.

Chacha, Tita y Pepa caminaban junto a nosotros, mirando atentamente a Pacho y escuchando cada una de las palabras que decíamos.

—Eso es muy estúpido —dijo Sergio—. Es demasiado fácil y no va a funcionar.

—¿Se te ocurre una mejor idea, Arquímedes? —dijo Pacho.

Ma salió de la caverna. Afuera el cielo estaba de un hermosísimo color naranja y púrpura por el occidente. Por el oriente empezaba a aparecer una luna llena amarilla. Dos mujeres tocaban un tambor grandísimo. Había una hoguera chisporroteante en medio de un círculo de piedras. Las llamas casi alcanzaban los tres metros de altura y lanzaban chispas que se perdían en el cielo. Los golpes del tambor se aceleraban. Sergio miró a Pacho. Los golpes del tambor se aceleraban más. Ma levantó la mano. El sonido del tambor se detuvo.

En ese silencio repentino, Pacho hizo un gesto con la cabeza.

Sergio, Pacho y yo señalamos al tiempo hacia la izquierda y gritamos: "¡Ay, un mamut!"

Aunque parezca increíble, todas voltearon a mirar a la izquierda. Nosotros nos miramos sorprendidos durante una fracción de segundo y luego salimos disparados hacia la selva que estaba a mano derecha. Pasamos en medio de palos, ramas y una maraña de lianas y arbustos. La luz, ya bastante escasa, se hacía más escasa debajo de los árboles y los helechos gigantes. Detrás de nosotros se escuchaban los gritos de sorpresa de las cavernícolas. El tambor volvió a sonar de nuevo.

Pasábamos por entre siluetas de cosas que colgaban; apenas alcanzábamos a ver a medias. Mientras tanto, el sonido del tambor se oía cada vez más lejano. De repente, esquivamos un bulto grande y oscuro que teníamos al frente y quedamos corriendo en el vacío.

Aterrizamos como un costal de papas.

Luego, todo se oscureció.

SEIS

—Aayy... mi cabeza —se quejó Sergio.

—Aaahh... —gruñó Pacho.

—Estamos vivos —dije yo.

—¿Estás seguro? —dijo Sergio—. Siento que se me va a estallar la cabeza. No me puedo mover. No puedo respirar. No veo nada.

Yo traté de moverme pero no pude. Tenía como un peso encima de mí.

—Puedes oír, ¿no es cierto? —le dije.

—Sí.

—Ah, bueno. Entonces no estamos muertos.

—Uy, pero huele como si algo se hubiera muerto —dijo Pacho.

Yo olfateé el aire. Olía como si se hubiera muerto más de una cosa... y alguien hubiera dejado ahí unos zapatos de tenis viejos.

—A lo mejor estamos muertos —dijo Sergio—. De pronto eso es la muerte: silencio, oscuridad y mal olor.

Pacho y yo lo pensamos durante un silencioso, oscuro y maloliente instante. No era un pensamiento muy agradable.

—¿Qué es ese ruido? —dijo Pacho.

Los tres aguzamos el oído para escuchar un leve murmullo.

—Parecen voces humanas —dije yo.

Volvimos a escuchar.

—Son voces humanas —dijo Sergio, y empezó a gritar—: ¡Auxilio! ¡Socorro! ¡No estamos muertos! ¡Sáquennos de aquí!

—Hey, Sergio —dije.

—¿Qué?

—Qué tal que no sean amistosos.

—Uy, cierto. No pensé en eso.

—Demasiado tarde —dijo Pacho—. Ahí vienen, sean quienes sean.

Nos quedamos callados y retuvimos el aliento, mientras escuchábamos que los sonidos se acercaban. Ya no parecían voces humanas; parecían más bien sonidos de simios.

—Como que son monos —dijo Sergio—. De pronto es una banda de simios salvajes. O a lo mejor son osos hambrientos. O de pronto...

—Sshht —susurré—. A lo mejor se van.

En ese preciso segundo, alguien retiró la cosa maloliente que nos tapaba. Entraron aire fresco y luz. Quedamos cara a cara con un gigantesco simio peludo.

—¡Aaayyy! —gritamos Sergio, Pacho y yo al tiempo.

El simio peludo saltó hacia atrás.

Ya sin la cosa pesada que nos tapaba, descubrimos que podíamos sentarnos y movernos de nuevo..., aunque no mucho. Yo todavía me sentía como si me hubieran dado una paliza. Nuestros ojos empezaron a acomodarse de nuevo a la luz. Miré alrededor y supuse que debimos pasar inconscientes toda la noche. Estábamos sentados en una guarida tapada con un techo muy bajo hecho con palos apilados encima de un árbol caído. En el techo había una abertura, que debió ser por donde nos caímos, y había otra que parecía una puerta cerca del suelo.

Estábamos rodeados por un grupo de hombres-simios peludos, vestidos con pieles sucias de animales. Nos miraban como si fuéramos monos de zoológico.

—Miren, son hombres cavernícolas —dijo Pacho.

—Los mismos tipos que vimos huir de las niñas que tenían el falso dinosaurio —dijo Sergio.

Miré a los desaliñados cavernícolas.

El más grande, el que tenía barba, definitivamente me parecía conocido. Se nos acercó cautelosamente, haciendo ruidos que sonaban como "jut, jut". Luego me alcanzó su mano, toda negra de mugre.

Le estreché la mano.

—Encantado de conocerlo, señor Jut. Me llamo Beto. Lamentamos mucho haber caído en su pocilga... eh, digo..., en su casa.

De los palos colgaban pedazos de piel sucia y olorosa. El suelo estaba cubierto de montones de hojas muertas. Todo el lugar olía a una mezcla de medias sucias, queso podrido y baños públicos.

—Me recuerda de tu habitación, Pacho.

El tipo barbado me meneó la mano e hizo "jut" de nuevo. Los demás metieron los pies en la porquería del piso e hicieron "jut" en coro.

— Jut, jut para ustedes también —dije—. Ah, y ellos son mis amigos Pacho y Sergio.

El grandote señaló a Pacho y a Sergio y dijo:

—Ug-a-ug.

—Sí, parecido —dije.

El grandote se puso la mano en el pecho y dijo:

—Da.

—¿De veras? —dijo Sergio.

—Da —volvió a repetir el cavernícola.

—Muy bien, Da —dije yo—. Lo siento por tu nombre, pero gracias por permitirnos estar en tu... casa.

Volví a mirar la guarida. Realmente era una pocilga.

—Ni de chiste tienen estos tipos *El Libro* —dijo Pacho.

—¿Bibo? —dijo Da.

—Sí, libro. Una cosa como así de grande —dijo Pacho, y le hizo un gesto con las manos—. Con páginas. Un libro mágico.

—Bibo, bibo —dijo el líder, y le hizo señas a otro de los hombres. Este empezó a cavar debajo de un monton de palos y basura que había en un rincón de la guarida.

—No lo puedo creer —dijo Sergio—. ¡Estos tipos viven en un hueco en el piso y tienen *El Libro*! No deben ser tan tontos como parecen.

El cavernícola encontró lo que estaba buscando y se lo entregó a Da.

—Con la magia nunca se sabe —dije yo.

Da recibió una cosa envuelta en piel de animal y me la pasó, sonriendo.

—Bibo —dijo.

Pacho, Sergio y yo nos precipitamos hacia el paquete.

—Hola, libro mágico. Adiós, Edad de Piedra —dijo Pacho, feliz—. Jamás pensé que me sentiría tan contento de volver a mis tareas de matemáticas.

Desenvolví la piel lo más rápido que pude y encontré un pedazo de carne, totalmente podrida y llena de gusanos.

Da sonrió y movió la cabeza de arriba abajo. Luego se comió un pedazo y se frotó la barriga.

—Bibo.

Pacho, Sergio y yo gateamos hacia el hueco del techo, en busca de aire fresco. Llegamos a un espacio entre dos troncos y los tres tratamos de salir primero. Los cavernícolas nos agarraron y nos jalaron hacia atrás.

Da señaló hacia afuera y sacudió la cabeza.

—Ug-ga —dijo. Luego hizo una cara extraña, mostrando los dientes y poniendo las manos en forma de garras—. Ugga.

Pacho hizo un sonido extraño con la garganta.

—Suéltenme o me les voy a ug-ga encima.

Pacho se zafó del cavernícola y metió la cabeza entre los dos troncos para recibir aire fresco. Sergio y yo estábamos a punto de imitarlo cuando escuchamos el grito más fuerte que le haya escuchado jamás a Pacho.

—¡Gaaaa...!

SIETE

Pacho volvió a meter la cabeza como un tiro. Un segundo más tarde vimos que una cosa grande, peluda y furiosa se precipitaba hacia los troncos. Nos llovieron mugre y hojas muertas. Una garra enorme con unas uñas espantosas golpeó los troncos e hizo que se sacudiera el aire. Todo el mundo se tiró al suelo. Por entre las rendijas de los troncos puede ver garras, colmillos y un felino del tamaño de una camioneta.

El gato gigante caminaba por encima de los troncos del techo y rugía molesto, pues se había perdido un plato apetitoso. Nos cayeron más polvo y hojas. Luego, el felino saltó lejos de ahí e hizo que los troncos produjeran un chirrido.

Da se destapó la cara y dijo:

—Ga.

—¿Gato? —dijo Pacho—. Eso no era ningún gato. ¿Por qué no me dijiste que había un monstruo con colmillos allá afuera.

—Era un felino primitivo con colmillos de sable —dijo Sergio.

—Muchas gracias de nuevo, su excelencia, señor don genio. Me siento mucho mejor ahora que sé el nombre del bicho que me iba a comer al desayuno. ¿Ahora se te ocurre alguna brillante idea para salir de este enredo?

Sergio miró a los cavernícolas andrajosos y descuidados, acurrucados en el suelo, en torno a nosotros.

—Bueno, miremos las cosas de manera lógica —dijo, y levantó un palito del suelo. Con él pintó un punto y una letra—. Estamos en el punto A, una guarida en el suelo con una manada de cavernícolas que no tienen armas, no tienen herramientas y muy posiblemente no tienen cerebro.

Los cavernícolas vieron a Sergio pintar e hicieron "jut".

—Queremos ir al punto B —dijo, y pintó otro punto y una letra B—. La habitación de Beto en Nueva York.

Da y el resto de los cavernícolas miraban atentamente las marcas que pintaba Sergio en el suelo.

—Pero la única forma de llegar a B es superar el obstáculo C, un gato un poco grande, y llegar a D, la cueva, para encontrar E, la pintura.

Sergio terminó su dibujo con un montón de líneas, un felino con cabeza triangular, un arco que representaba la cueva, y tres figuras humanas que representaban la pintura.

—¿Me entienden?

Los cavernícolas estudiaron los dibujos de Sergio. Se miraban y se gruñían entre ellos.

—¿Pero cómo hacemos eso? —preguntó Pacho.

—¿Cómo hacemos eso? —repitió Sergio, al tiempo que se daba golpecitos en la cabeza con el palo que le había servido de lápiz—. Hemmm... Bueno, esa es una pregunta totalmente distinta. Con magia, supongo.

Sergio y Pacho se voltearon a mirarme.

—Todavía tengo la pajita de beber —dije esperanzado.

—Olvídate de ese estúpido truco de la pajita. Necesitamos una magia bien buena —dijo Pacho—. ¿Por qué no aprendiste conjuros para volvernos invisibles, o gigantes, o para poder botar fuego por los ojos, o alguna cosa útil por el estilo?

—No creí que lo necesitaríamos si teníamos *El Libro*.

Volvimos a mirar el dibujo de Sergio,

de A hasta B, con la preocupación de C y D, y pensando cómo íbamos a encontrar E .

—Ahora sí que me gustaría tener armas —dijo Pacho—. Una ráfaga con una Uzi y ese monstruo quedaría convertido en un átomo de gatito.

Sergio levantó la cabeza.

—Como dijo alguna vez Arquímedes, ¡eureka!

—¿Vamos a hacer ametralladoras? —pregunté.

—No. Vamos a asustar al felino.

—¿Con qué? ¿Con tu cara? —dijo Pacho.

Sergio se hizo el que no escuchó.

—Con una cosa sobre la que el hombre tiene poder y los animales no —dijo, e hizo una pausa para dar un efecto dramático—: el fuego.

—Oye, sí —dijo Pacho—. Eso siempre funciona en las películas de Tarzán.

—¿Pero de dónde sacamos el fuego? —dije—. Nos quedamos sin fósforos y, por lo que parece, estos tipos se comen todo crudo.

Pacho sintió náuseas.

—No vuelvas a mencionar eso.

Sergio partió el palo que tenía en las manos y empezó a frotar ambos pedazos entre sí.

—Vamos a inventar el fuego.

Sergio frotó y frotó. Los cavernícolas miraban atentamente. Los palitos se pusieron tibios. Yo reemplacé a Sergio y empecé a frotar. Los palitos seguían tibios. Pacho tomó los palitos y empezó a frotar. Los cavernícolas hacían "jut". Pacho frotaba. Los cavernícolas hacían "jut". Pacho frotaba con más fuerza. Los cavernícolas hacían "jut". Pacho frotaba más fuerte. Y luego... los palitos se partieron.

Pacho se dejó caer de espaldas en el suelo.

—Esto no va a funcionar nunca. Beto, tienes que recordar algún conjuro.

Uno de los cavernícolas levantó los palitos y empezó a frotarlos.

Yo comencé a pensar en algún conjuro para asustar al felino. Pensé en la pajita y de repente se me ocurrió una idea.

—¿Qué les parece esto? —dije mostrando la pajita.

Pacho se sentó bien.

—Si vuelves a sacar esa pajita te juro que te...

Recogí un pedacito de piedra afilada del suelo y corté con ella un extremo de la pajita en forma de V. Me la puse en los labios y silbé con mi nueva flauta-paja. Los cavernícolas abrieron los ojos, sorprendidos.

Me envolví con la manta de piel y empecé a bailar y a mover los brazos, al tiempo que soplaba la pajita. Los cavernícolas se tiraron al suelo de nuevo.

—Así asustas a un felino —me dijo Sergio.

Me quité la manta de piel y corté la pajita en tres pedazos; en el extremo de cada uno hice una punta.

—Así asustamos a un felino —dije, y les pasé a Pacho y a Sergio un pedazo de la pajita.

—¿Asustamos? Eso me suena a multitud —dijo Sergio.

—Tres cabezas y tres pajitas son mejores que una.

Pacho tomó la manta y nos envolvió a los tres con ella.

—¿Será conveniente que hagamos eso? —preguntó Sergio—. Creo que debemos pensarlo más a fondo.

Pacho nos puso dos ramas detrás de la cabeza y dijo:

—Cuernos.

Los cavernícolas seguían petrificados en el suelo, mirándonos con los ojos desorbitados por la sorpresa. Da nos miró y tocó la manta de piel lentamente, con un solo dedo. Pacho silbó con la pajita. Da saltó del susto y quedó a tres metros de distancia.

—Muy bien, muchachos —dijo Pacho—. Estamos listos. Tenemos que salir allá afuera y hacer el papel de la bestia de tres cabezas y dos cuernos más malvada del planeta.

Gateamos hasta el extremo de la guarida donde el techo se unía con el suelo.

—Soplen por esa pajita como si su vida dependiera de eso —dije.

—Pues claro que depende de eso —dijo Sergio.

Da señaló hacia afuera.

—¿Ga...?

—Tú lo has dicho —dijo Pacho—. ¡En sus marcas, listos, ya!

La bestia de tres cabezas, dos cuernos y silbido de pajita más malvada del planeta salió a enfrentarse con un felino primitivo con colmillos de sable.

OCHO

Uno de nuestros cuernos se enredó entre dos troncos y allí se quedó. Sergio tropezó y se cayó en medio de Pacho y de mí. En resumen, nuestra salida fue más bien un tropiezo que una amenaza.

En ese momento lo vi.

Ga, el felino, estaba acurrucado junto a un árbol, a menos de diez metros de distancia. Pacho tenía razón. Eso no era ningún gato. Eran trescientos kilos de músculo, garras enormes y unos largos colmillos como sables. Y nos miraba como si fuéramos su desayuno.

Quedé paralizado como una estatua. No podía lograr que se movieran mis músculos. La garganta se me secó y no podía hacer que pasara aire para soplar la pajita.

Sergio se movía por debajo de la piel, silbando, refunfuñando y tratando de encontrar un hueco por donde sacar la cabeza.

El gato gigante echó hacia atrás las orejas, tal como he visto que hace mi gato cuando va a atacar. Pacho sopló la pajita y agitó el brazo cubierto por la manta de piel. El felino se acurrucó. Yo chillé y agité un brazo. El gatote estaba a punto de saltar cuando Sergio encontró una abertura y sacó la cabeza. Luego sopló muy fuerte con su pajita.

El felino, sorprendido, saltó hacia arriba y dio media vuelta en el aire. Una bestia de dos cabezas era una cosa, pero una bestia de dos cabezas a la que de repente le sale otra es algo con lo que no se juega. El felino nos miró por última vez y fue a perderse en la selva.

Nos quitamos de encima la piel hedionda y empezamos a brincar de felicidad, pitando con las pajitas y chocando las manos. Da y sus cavernícolas sacaron tímidamente la cabeza de la guarida.

—Ven a respirar aire fresco, Da —dijo Pacho—. La bestia de tres cabezas y un cuerno ganó.

—¿Ga? —preguntó Da.

—Ga... *vuuum* —dijo Pacho.

Era fantástico saber que estábamos vivos y que ya no teníamos que estar metidos en esa guarida maloliente. Saltábamos y nos reíamos como locos.

Da salió gateando lentamente de la guarida, mirando para todos lados. Los demás lo siguieron. Los cavernícolas salieron y se quedaron allí parados, pestañeando, sin saber muy bien qué hacer.

—Bueno, ya quedamos listos con el punto C —dijo Sergio—, pero creo que debemos inventarnos una manera de llegar a nuestra meta final, el punto B, sin pasar de nuevo por el punto D para encontrar E.

Da, los cavernícolas y Pacho miraron a Sergio como si estuviera loco.

Yo traduje:

—Lo que quiere decir es que se alegra de que le hubiéramos ganado al felino, pero que no quiere volver a la caverna a buscar la pintura.

—¿Qué pasa, gallina? —dijo Pacho—. Si vamos todos a la cueva podemos vencer a Ma.

Los cavernícolas pusieron cara de susto y se quedaron callados.

—Ni que hubieran visto un fantasma —dijo Pacho—. Lo único que dije fue Ma.

Tres de los hombres peludos volvieron a esconderse en la guarida.

—Ug, Ma —dijo Da, al tiempo que ponía las manos en forma de garras y mostraba los dientes como si fueran colmillos afilados.

—Ah, eso es sólo una piel de oso y una cabeza. Lo mismo que la cabeza de dinosaurio —explicó Pacho—. Esas imitaciones no me asustan.

Da sacudió la cabeza y dijo:

—Ma.

—No sé —dijo Sergio—. A lo mejor Da sabe algo que nosotros no sabemos.

—Mira, es posible que tengan la pintura y, en todo caso, definitivamente tienen mi gorra —dijo Pacho—. Nos vamos ya.

—No, espera. ¿Cuál es la prisa? —dijo Sergio—. A lo mejor podemos hacer nuestro propio *Libro*.

Yo le eché una mirada a los cavernícolas, todos peludos y harapientos, y dije:

—Estos tipos son nuestros ancestros y no saben nada sobre el fuego, ni la ropa, ni la vivienda. Las mujeres ya se inventaron todo eso. Aunque no encontremos la pintura en la caverna o *El Libro*, por lo menos debemos juntar a los hombres y a las mujeres. Si no, ya no vamos a tener ningún futuro a dónde regresar.

—Bien pensado —dijo Sergio—. Por el bien de la perpetuación de la especie, creo que debemos sacar a estos tipos de esa guarida y ayudarlos a conocer unas cuantas chicas. ¿Cómo hacemos para que estos torpes prehistóricos colaboren? Huyen no más con decirles "buuu".

—Tienes razón. Pues, entonces digámosles otra cosa —dijo Pacho, y se subió a una piedra—. Bueno, cavernícolas, escuchen. Vamos a ir a la cueva y ustedes nos van a ayudar.

—Muy convincente —dijo Sergio—. Se ven realmente interesados.

—¿Y qué van a encontrar allí? —preguntó Pacho—. Bibo.

Los hombres lo miraron.

—Montones de bibo. Deliciosos montones de bibo. Asquerosas y hediondas montañas de bibo. Todo el bibo que se puedan comer —dijo Pacho, y señaló hacia el volcán—. ¡Vamos por el bibo, muchachos!

Los hombres daban vueltas como cachorros que no saben a dónde ir. Miraban a Pacho y miraban a Da, su líder.

Casi podría decirse que Da estaba pensando. Arrugó las cejas y finalmente dio un paso hacia Pacho.

Pacho cantó:

—Bibo, bibo... comida para lamerse los dedos. Entre más comes, más se te salen los...

Los cavernícolas cantaron también: Bibo, bibo...

Sergio y yo soplamos con nuestras pajitas. Todo el mundo siguió a Pacho y a Da por el camino que llevaba a la

cueva. Íbamos al encuentro del bibo, de *El Libro* y la civilización: hogar dulce hogar.

Y probablemente lo habríamos logrado, pero de repente algo rugió.

—¿Qué fue eso? —dije.

Se volvió a escuchar el rugido de nuevo. El suelo empezó a agitarse y a moverse. Parecía una gelatina que se movía para todos lados, y nos hizo caer al piso.

—¡Terremoto! —gritó Sergio.

Tenía razón.

NUEVE

Los árboles se balanceaban.

Las piedras rodaban.

El suelo se sacudía y, de repente, se abrió detrás de nosotros.

Una grieta gigante se comió la casa de troncos de los cavernícolas. Luego se calmó todo. Ni las aves, ni los bichos, ni las bestias prehistóricas hacían el más mínimo ruido.

Me senté en suelo, me sacudí el polvo de mi manta de piel y dije:

—Casi nos... mejor dicho... por poco quedamos...

—¡Aplastados como hormigas y enterrados debajo de una tonelada de basura prehistórica! —gritó Sergio.

—Cálmate, Sergio —dijo Pacho—. Podría haber sido peor.

—¿Ah, sí? ¿Cómo? —preguntó Sergio, con los ojos desorbitados y cara de loco—. Estamos atrapados en el año 40.000 antes de Cristo. Todo lo que nos encontramos trata de comernos. Hasta el suelo que pisamos se nos abre debajo de los pies, ¿y tú dices que podría haber sido peor?

Al tiempo que decía esto, Sergio se daba golpes en la frente con la palma de la mano.

Da y sus cavernícolas se pusieron de pie lentamente y se fueron hasta el borde del nuevo barranco. Allá abajo estaba la pila de troncos rotos. Los cavernícolas miraron a Sergio. Da soltó un aullido y luego se pegó en la frente. De pronto, todos los cavernícolas comenzaron a gritar y a gemir, pegándose en la cabeza.

—Ahí tienen la respuesta.

Pacho gritó. Los cavernícolas gritaron.

Pacho gimió. Los cavernícolas gimieron.

—Y qué respuesta —dije yo.

El ruido de Pacho, Da y los cavernícolas se hacía más y más fuerte, y de repente fue mucho más fuerte.

Da dejó de golpearse, aguzó el oído y gritó algo que sonaba como "uu, ma; uu, ma". Todo el mundo corrió a esconderse entre los árboles y Pacho, Sergio y yo nos quedamos mirándonos.

—¿Uu, ma? —dijo Pacho—. ¿Qué es uu, ma?

Sergio estaba paralizado, mirando hacia el fondo, detrás de nosotros.

—No sé —dije—, pero creo que perdimos a Sergio.

—Uu... ma... Uu... ma... —chilló Sergio.

—Definitivamente lo perdimos —dijo Pacho.

Sergio levantó el brazo para señalar algo y volvió a chillar:

—¡Uuun maamut!

—Está chiflado. Cree que somos las mujeres cavernícolas —dije—. Tranquilo, Sergio. Soy yo, Beto.

En ese momento escuché un ruido ensordecedor. Pacho y yo volteamos a mirar para atrás. Allí, en un claro de la selva, a menos de seis metros de nosotros estaba parada la bestia más grande y más temible que uno se pueda imaginar; una bestia con la que no querrías encontrarte jamás en la vida. Todos las hemos visto en libros, y hemos visto a sus parientes en los zoológicos, y realmente no es nada agradable verlas tan de cerca.

—¡Ay, no! —dije.

—¡Uun maamut! —gritó Pacho.

En ese momento comprendí por qué se dice que algo es como un mamut cuando es gigantesco.

El mamut echó bruscamente la cabeza hacia atrás y nos miró con sus ojitos diminutos. Afortunadamente, parecía igual de sorprendido que nosotros. Desafortundamente, medía cuatro metros más que nosotros y pesaba una tonelada más. Lo más desafortunado era que le estábamos estorbando en su camino. Allí estábamos, cara a cara, sin saber qué hacer.

Pacho se agachó lentamente, recogió del suelo un palo que se había partido y había quedado en forma de lanza.

—Nuestra salvación es asustarlo —dijo Pacho.

—No hagamos nada que pueda enfurecerlo —susurré.

Podemos darnos la vuelta y correr —dijo Pacho.

—Me parece bien —dijo Sergio, dando un paso atrás—, pero también puede embestirnos por detrás y pisotearnos.

Pacho miró de pies a cabeza al ancestro peludo de los elefantes. Levantó el palo y lo lanzó con toda la fuerza que pudo. La lanza improvisada

voló por los aires y le dio al mamut justo en medio de los ojos.

El mamut parpadeó y lentamente sacudió la cabeza gigante con sus colmillos afilados. La lanza de Pacho cayó al suelo como un mondadientes viejo. El mamut bajó los colmillotes, miró hacia donde estábamos y barritó.

—Llegó la hora de esfumarnos —dije—, porque creo que lo hiciste poner furioso.

El monstruo peludo sacudió la cabeza y levantó un pie.

Eso fue lo último que vi, porque ahí nos dimos la vuelta y empezamos a correr hacia los árboles. Corríamos esquivando arbustos y piedras. El mamut pisoteaba las piedras y los arbustos. Corríamos lo más rápido que nos daban las piernas, pero el mamut ya casi nos alcanzaba y no había dónde esconderse.

Los pasos del mamut hacían retumbar el suelo, detrás de nosotros. Ya sentíamos el aliento caliente de la bestia prehistórica en el cuello. Estábamos perdidos. Me preguntaba si el profesor de matemáticas creería la nota que le enviaran de mi casa: "Estimado profesor Díaz, le ruego excusar a Beto, Pacho y Sergio por no hacer la tarea de matemáticas. Un mamut los embistió".

DIEZ

Pacho iba de primero. Sergio iba detrás de él. Yo iba detrás de Sergio. Un mamut furioso y salvaje nos seguía a los tres.

Estábamos a punto de convertirnos en puré debajo de los pies del mamut cuando Pacho dijo de repente:

—Allí.

Estaba señalando dos árboles separados entre sí por unos dos metros de distancia. Pacho pasó por en medio de los dos árboles. Sergio también. Yo me tropecé, salté y sentí que la punta de un colmillo enorme me empujaba en medio de los dos árboles.

La cabeza del mamut pasó, pero el resto de su monstruoso cuerpo no. Se quedó atascado en medio de los dos árboles. El mamut barritaba y sacudía los colmillos, pero no podía moverse ni para adelante ni para atrás. Miramos un instante y corrimos hasta que dejamos de escuchar el ruido horrible que hacía.

Agotados de correr, nos sentamos debajo de un helecho gigante, casi ahogados y con el corazón a punto de salírsenos del pecho.

Eché una mirada a nuestro alrededor, a la selva prehistórica y desconocida que teníamos ante nuestros ojos.

—¿Y ahora qué?

Sergio estudió el pedazo de cielo que se alcanzaba a ver por entre las ramas.

—Por la apariencia del cielo oscuro y el color del sol del atardecer, yo diría que debemos encontrar un refugio antes de que oscurezca.

—Ah, perfecto —dijo Pacho—. El genio de nuevo con sus ideas: "Encontrar un refugio antes de que oscurezca". Me gustaba más cuando babeabas y decías: "Uu, ma; uu, ma".

—¿Ah, sí? ¿Y de quién fue la brillante idea de tirarle al mamut un palo puntiagudo? —protestó Sergio.

—¿Y quién fue el que empezó con su brillante idea de venir a la Edad de Piedra?

—Casi nos matas.

—Y tú nos hiciste perder.

—Chacha.

—Eres un imbécil.

—Tú eres un neanderthal.

—Un momento, muchachos —dije yo—. ¿Quién dijo "Chacha"?

Todos nos miramos.

—Yo no —dijo Pacho.

—Yo tampoco —dijo Sergio.

—Chacha.

—Por allá —dijo Pacho.

Avanzamos en cuatro patas, por encima de árboles caídos y piedras partidas, siguiendo el sonido de la voz que llamaba a Chacha.

Pocos minutos después nos hallábamos en un claro de la selva bastante conocido.

—Son Ma y su clan —dije—. Volvimos a la cueva.

—Sí —dijo Pacho—, ¿pero qué le pasó a la cueva?

Ma y las demás mujeres estaban junto a una roca enorme, en la base del acantilado.

Tita y Pepa golpeaban la roca con los nudillos de los dedos. Ma gritaba:

—Chacha.

—El terremoto debió aflojar esa piedra y quedó tapando la entrada a la cueva —dijo Sergio—. Chacha quedó atrapada adentro.

—Esta es nuestra oportunidad —dijo Pacho—. Empujamos la piedra, salvamos a Chacha y nos convertimos en héroes. Luego podemos pedir lo que queramos.

—No sé —dije yo—. Recuerden...

Pero era demasiado tarde. Pacho ya iba en la mitad del claro y empezó a decir:

—¡Viajeros del tiempo al rescate!

No tuvimos más remedio que seguirlo. Ni siquiera nos dio tiempo de sorprendernos. Caminó directo hasta la roca y empezó a dar instrucciones:

—Tita, Pepa, Beto y Sergio, de este lado. Empujen cuando cuente tres. Uno, dos, *tres*.

Todos empujamos. La roca rodó unos tres centímetros y volvió a su lugar.

—Necesitamos más músculo —dijo Pacho, y les hizo una señal a las demás mujeres para que empujaran—. Uno, dos, tres.

La piedra rodó unos cuantos centímetros y volvió a caer en su lugar.

—Esto no lo mueve nadie —dije jadeando—. Debe pesar una tonelada.

—Ma —dijo una voz débil que venía del otro lado de la piedra.

—Necesitamos mucho más músculo —dijo Pacho—. ¡Da! Claro. No deben andar lejos.

Pacho se puso las manos sobre la
boca, en forma de megáfono, y gritó
hacia la selva:

—¡Da! ¡Bibo, bibo!

Ma, Tita y Pepa miraron a Pacho
como si estuviera loco.

—¡Da! ¡Bibo, bibo! —volvió a gritar
Pacho.

No me lo van a creer, porque ni siquiera Sergio y yo lo podíamos creer
pero, por arte de magia, Da y sus hombres aparecieron de entre los árboles.

Pacho se trajo a Da hasta el claro y
luego hasta la roca. Mientras se acercaban, Pacho le hacía señas indicando
que tenía que empujar, y le menciona-
ba el bibo. Los demás hombres lo seguían cautelosamente.

En menos tiempo del que te demo-
ras en decir "operación rescate", Pacho
nos tenía a todos junto a la piedra. Ma,
Da, hombres y mujeres, Tita y Pepa.

—Vamos todos —gritó Pacho—. Unos, dos, tres. Todos empujamos.

La piedra rodó un poco, lentamente, un poco más... y volvió de nuevo donde estaba. Todos quedamos exhaustos en el suelo. Las sombras que proyectaba el sol se hacían más largas, a medida que se iba ocultando.

—Eso no sirve —dijo Sergio—. No podemos empujar todos en un espacio tan pequeño.

—¿Ma? —dijo la voz de Chacha, al otro lado de la roca.

—Pero Chacha se va a morir allá adentro —dijo Pacho.

Miré a Ma y a Da. Ninguno de los dos hablaba nuestro idioma, pero la expresión de la cara de ambos decía la misma cosa.

ONCE

—Un momento —dijo Sergio—. Pensemos.

Luego empezó a caminar de un lado para otro y a hablar solo.

—Chacha está atrapada detrás de la roca. Si cinco personas pueden mover la roca dos centímetros, ¿cuántas personas se necesitan para mover la piedra cuarenta y ocho centímetros? —dijo Sergio, al tiempo que escribía en la arena con un palito—. Cinco personas multiplicaddas por cuarenta y ocho centímetros, dividido en dos, eso da 120 personas.

—Bueno, entonces hagámoslo —dijo Pacho.

—Hay dos pequeños problemas —dijo Sergio—. Uno: no tenemos 120 personas. Y dos: aunque las tuviéramos, no podemos ubicar a 120 personas en un lado de la roca. Necesitamos una solución más simple.

La palabra *simple* me iluminó la cabeza.

—¿Y qué hay de tu amigo Arquímedes?

—Todavía se tarda unos 39.000 años en aparecer.

—No. Me refiero al asunto ese de la palanca.

—Beto, eres un genio —gritó Sergio—. Con un fulcro, una palanca lo suficientemente larga y un lugar desde donde accionarla, el trío de viajeros en el tiempo moverá el mundo... o al menos una roca muy grande.

Pacho encontró una rama que parecía fuerte.

Yo puse una roca más pequeña junto a la roca que tapaba la entrada de la cueva.

Nuestros espectadores de la Edad de Piera nos miraban atentamente.

Metimos la rama debajo de la roca grande y encima de la pequeña. Luego, los tres empujamos la palanca. La roca grande se balanceó y se desplazó un poco de su lugar. La rama crujió, se dobló y se quebró. Los tres fuimos a dar al suelo, con media palanca en la mano.

Da miró atentamente la rama partida. Caminó hasta las selva y regresó con un tronco de dos metros de largo y el doble de grueso de nuestra palanca original.

—Eso sí es pensar —le dijo Sergio.

Da metió la palanca debajo de la roca, tal como nos había visto hacer a nosotros. Empujó hacia abajo. La roca se movió.

Nosotros también tomamos la palanca y empujamos hacia abajo. La roca se corrió un poco. Tita, Pepa y Ma también empujaron la palanca. La roca se levantó un poco, se balanceó y, de repente, empezó a rodar por la colina.

Chacha salió corriendo de la cueva y empezó a bailar y a abrazar a todo el mundo: a Ma, a Tita, a Pepa, a Pacho, a Sergio, a mí, e incluso a Da. No estoy muy seguro, porque la barba era muy espesa, pero creo que Da se puso rojo de la vergüenza.

Ma hizo ciertos movimientos con las manos y le dio órdenes al clan. Todas las mujeres inclinaron un poco la cabeza y sonrieron. Da y sus hombres inclinaron la cabeza y sonrieron. Nosotros no teníamos idea de qué estaba pasando, pero inclinamos la cabeza y sonreímos.

Esa noche hicimos la mejor fiesta de la Edad de Piedra. Las mujeres le mostraron a Da cómo hacer unas fogatas deliciosas. Sacaron frutas, nueces, tor-

tas, estofados y una bebida oscura y burbujeante.

—Cola cavernícola —dijo Pacho. Luego tomó uno de los pedazos de carne de apariencia más fresca que le pasó uno de los hombres, lo ensartó en un palo y lo puso al fuego.

—¿Bibo? —dijo Da.

—No. Bibo asado —respondió Pacho—. Barbacoa

—¿Baboa?

—Barbacoa.

Sergio terminó de poner cuatro pedazos de madera circular en los extremos de dos palos, unidos por un pequeño tronco. Tita y Pepa observaban de cerca.

—Ruedas —dijo Sergio—. Estas son las ruedas. Las necesitamos en los monopatines para hacer la vuelta.

—¿Vuelta? —dijo Tita

—Exacto —dijo Sergio. Una vuelta de 360 grados, o sea un círculo. Pero creo que tenemos que inventarnos primero los números para poder explicarles eso. Por ahora quedémonos con el monopatín.

—Vuelta —dijo Tita.

Yo encontré mi pajita y toqué una versión algo desafinada de "Los pollitos".

—Música —les dije.

Chacha aplaudió y luego tocó su propia melodía desafinada con la pajita.

Alguien empezó a tocar el tambor.

Todo el mundo empezó a bailar en torno al fuego. Luego Da hizo una representación del rescate de Chacha.

La propia Chacha también actuaba, agachada, poniendo cara de miedo.

Tres hombres hacían de piedra. Ma trataba de empujarlos. Pacho y Ma trataban de empujarlos, pero no se movían. Todos tratábamos de empujar, pero no se movían.

El tambor empezaba a tocar más rápido. Sergio y Da hacían que simulaban un tronco debajo de la piedra. Da y Sergio saltaron. Los tambores se detuvieron. Los tres tipos que hacían de piera rodaron hacia la oscuridad y Chacha saltó triunfante hacia la fogata.

Los tambores empezaron a tocar de nuevo. Todo el mundo se reía y bailaba, y luego volvimos a hacer de nuevo la representación. Y otra vez. Y otra vez. Y otra vez, hasta que la fogata empezó a apagarse y la luna llena empezó a ocultarse en el cielo del amanecer.

—Barbacoa, música y fiesta... Buen comienzo para la civilización —dijo Pacho.

Sergio empezó a garabatear *A, B, C* y *1, 2, 3* en la arena.

—Quizá la especie tenga al fin de cuentas alguna esperanza. Mañana comenzaremos con los números y las letras. Quién sabe, a lo mejor en el año 39.000 antes de Cristo podamos hacer un libro.

—Todavía no puedo creer que no haya pinturas en la cueva —dije.

—Ya nos llevaron por todas partes y vimos todo —dijo Pacho—. Debe estar en otra cueva.

Sergio pintó tres figuras humanas.

Chacha miró los garabatos de Sergio y, de repente, saltó y se fue corriendo.

—¿Sería por algo que dije? —preguntó Sergio.

—No. Yo creo que es por tu... problema de caspa —dijo Pacho y soltó la carcajada, al tiempo que le clavaba amistosamente el codo a Sergio.

Chacha regresó trayendo a Ma del brazo. Ma echó una mirada. Le dijo algo al clan y en un segundo nos rodearon y empezaron a llevarnos, casi a empujones, a la cueva.

—Fue sin culpa —dijo Sergio.

—Yo no fui —dijo Pacho.

Alguien encendió unas antorchas. Nos llevaron a la cueva principal y luego nos condujeron a la entrada de la cueva más pequeña, la de los barrotes.

—¿Otra vez? Ay, no —dijo Pacho.

Ma tomó una antorcha y nos indicó que avanzáramos.

Miramos a nuestro público prehistórico, iluminado por la luz de las antorchas. Da tenía una mano levantada. Chacha agitaba la pajita. Tita decía "vuelta". Pepa se ponía las manos en la boca, como haciendo un megáfono, y decía: "Beto, Sergio, Pacho, bueno".

—Creo que no tenemos otra alternativa —dije.

Entonces seguimos a Ma hacia la cueva oscura.

DOCE

La cueva pequeña resultó ser más grande de lo que habíamos pensado. Había un estrecho pasaje en forma de espiral por el que sólo cabía una persona y que se hundía en la tierra. El ruido de la cueva principal se iba apagando poco a poco, y nosotros seguíamos a Ma en un silencio sepulcral. El pasaje en espiral se hacía cada vez más estrecho, hasta que finalmente nos vimos obligados a arrastrarnos. Seguíamos la luz vacilante de la antorcha y escuchábamos el sonido de nuestra propia respiración. Finalmente nos metimos por una grieta en la roca y fuimos a dar a un espacio subterráneo inmenso.

Por todos lados se veían estalactitas, esos conos que se van formando con el goteo del agua. La luz de la antorcha producía destellos en los cristales de roca. Estábamos completamente embobados. Ma nos indicó que avanzáramos hasta un pedazo de muro de piedra plana. Señaló el muro y dijo:

—Beto, Sergio, Pacho.

Allí había pintadas una espiral, estrellas, unas lunas, huellas de manos y tres figuras humanas .

—Es la pintura —dijo Pacho.

—Debe ser la primera versión de *El Libro* —dije yo.

—Es un milagro —dijo Sergio.

Ma le puso suavemente la gorra a Pacho y nos tocó a cada uno la cabeza. Habría podido jurar que dijo: "Tin, marín, dedó". Luego dio un paso hacia atrás, hizo un movimiento con la antorcha y terminó: "Pingüé".

La llama tembló. En ese momento comenzó a aparecer una conocida espiral de humo verde. Ma levantó ambos brazos y se rió. Antes de que pudiéramos dar las gracias o despedirnos, desaparecimos.

TRECE

Sergio estornudó. La neblina verde se esfumó. Luego, Pacho, Sergio y yo estábamos de nuevo en mi habitación, cargados con todo el equipo y vestidos como si jamás hubiéramos estado en ninguna parte.

Pacho sacudió la cabeza y se quitó la gorra.

Yo sentí algo en las manos y me di cuenta de que era *El Libro*.

Sergio se limpió las gafas y luego miró el reloj.

—Son las cuatro y media. Volvimos al presente.

En ese preciso instante, mi madre llamó:

—¿José Humberto? —y abrió la puerta.

Nos había pillado con las manos en la masa.

Yo todavía estaba tratando de pensar en una buena excusa para explicar por qué habíamos desocupado los cajones de la cocina y los clósets cuando ella dijo, después de echar una mirada:

—¿De viaje?

—Nosotros... heemm...

Mamá me vio con *El Libro* en las manos y sacudió la cabeza.

—No sé para qué te dio tu tío ese regalo.

—Pues, mamá, nosotros estábamos... preparándonos para... acampar —dije.

—Sí, es verdad —dijo Pacho—. Íbamos a acampar.

Sergio miró por toda la habitación y se hizo el que limpiaba los lentes.

Mamá nos miró de nuevo a los tres y volvió a sacudir la cabeza.

—Pero creo que él debía tener más o menos tu edad cuando le mostré *El Libro* por primera vez.

Todavía estaba tratando de inventar alguna excusa cuando escuché esa última frase.

—¿Que tú le mostraste qué? ¿A quién?

Mamá levantó una ceja y se rió. Se parecía mucho a cierta mujer que acabábamos de dejar hace miles de años, tan solo un minuto antes.

—Bueno, ¿y quién crees que le enseñó a su hermanito menor todos los trucos que se sabe?

QUIZ RELÁMPAGO

1. Si el señor González camina a una velocidad promedio de 2,5 kilómetros por hora, ¿cuántos kilómetros camina en cuatro horas?

(a) 10.

(b) 12.

(c) No sé cuánto camina el señor González en cuatro horas.

(d) No me importa cuánto camina el señor González en cuatro horas.

(e) No le puedo decir cuánto camina el señor González porque me embistió un mamut.

2. Dado un fulcro, una palanca lo suficientemente larga y un lugar desde donde accionarla, una persona supuestamente puede mover:

(a) El mundo.

(b) El estómago.

(c) No sé.

(d) No me importa.

(e) No le puedo decir porque me embistió un mamut.

3. Arquímedes era:

(a) Un matemático griego.

(b) Un mediocampista brasileño.

(c) No sé.

(d) No me importa.

(e) No le puedo decir porque me embistió un mamut.

4. Pacho, Sergio y Beto salieron en el año de 1999 y viajaron al 40.000 a. C. Quedaron atrapados en una cueva con 4 barrotes de madera. Si a cada uno le toma 20 minutos serruchar medio barrote, ¿cree usted que escaparán a tiempo?

(a) Sí.

(b) No.

(c) A lo mejor.

(d) Ninguna de las anteriores.

(e) No le puedo decir porque me embistió un mamut.

5. Este libro cuesta $9.000. Los dinosaurios se extinguieron hace 65 millones de años. El hombre de Cro–Magnon, nuestro directo antecesor, vivió hace unos 40.000 años. Si usted

fuera un mamut, haría la tarea de matemáticas?

(*a*) 64.040.011

(*b*) $3.50.

(*c*) *¿Qué?*

(*d*) *Déjeme en paz.*

(*e*) *No le puedo decir porque los mamuts no hablan.*

CALIFÍQUESE

Por cada respuesta *a*, dése 5 puntos.

Por cada respuesta *b*, dése 4 puntos.

Por cada respuesta *c*, dése 3 puntos.

Por cada respuesta *d*, dése 2 puntos.

Por cada respuesta *e*, dése 1 punto.

CALIFICACIONES

25—21 Hijo de Arquímedes.

20—16 Pariente lejano de Arquímedes.

15—11 No conoce a Arquímedes.

10— 6 No le importa Arquímedes.

5 — 0 Debería ir al médico por ese bendito problema del mamut.